Y

Par M. Andrieux
d'après Barbier

ANAXIMANDRE

ou

LE SACRIFICE AUX GRACES,

COMÉDIE EN UN ACTE,

EN VERS DE DIX SYLLABES;

Représentée, pour la première fois, sur le
Théâtre Italien, le 20 Décembre 1782,

Et reprise au Théâtre Français le 22 Vendé-
miaire an 14 (14 Octobre 1805).

NOUVELLE ÉDITION,

Revue et corrigée par l'Auteur.

ON Y A JOINT,

1°. Des changemens adoptés au Théâtre Français,
pour la Tragédie de NICOMÈDE, de P. CORNEILLE;

2°. Un changement proposé pour la Tragédie de
POLYEUCTE, du même auteur.

~~~~~~~~~~~~~~~~

A PARIS,

Chez LÉOPOLD COLLIN, Libraire, rue Gît-le-Cœur,
N°. 18.

1805.

A MA SŒUR.

1782.

O ma Sœur, ma plus tendre amie !
Toi, qui joins, malgré la douleur
Répandue, hélas ! sur ta vie,
Un esprit fin au meilleur cœur,
Et la raison à la douceur ;
Et la décence à la saillie,
De ma part tu dois craindre peu
Le ton flatteur des Dédicaces ;
Mais si mes Vers ont ton aveu,
Je compte sur celui des Grâces.

Une Romance très-agréable, de M. François de Neufchâteau, m'a fourni la première idée de ma petite Comédie. Je fais imprimer ici cette Romance pour le plaisir des Lecteurs, et pour rendre à son Auteur l'hommage que je lui dois.

ANAXIMANDRE,

ROMANCE.

L'ESPRIT et les talens font bien ;
Mais, sans les Grâces, ce n'est rien.

Sous le beau nom d'Anaximandre,
Chez les Grecs un Sage vivait ;
Chacun accourait pour l'entendre ;
Athène en foule le suivait.
La profondeur et la justesse
Se rencontraient dans ses discours ;
Mais, pour plaire aux yeux des Amours,
Il faut de la délicatesse.

L'esprit et les talens font bien ;
Mais, sans les Grâces, ce n'est rien.

Le philosophe Anaximandre
Aux Belles offrit son encens ;
Car les Savans ont le cœur tendre,
Et tout philosophe a des sens.
Mais les Athéniennes volages,
Rejetèrent ses tendres vœux ;

Et de frivoles amoureux
Virent préférer leurs hommages.

L'esprit et les talens font bien ;
Mais, sans les Grâces, ce n'est rien.

Piqué de les trouver rebelles,
Le Sage s'en fut chez Platon ;
Platon était l'ami des Belles,
Et même des rois, nous dit-on.
Il humanisait son génie ;
A souper, il brillait le soir ;
Et, malgré son profond savoir,
Il était bonne compagnie.

L'esprit et les talens font bien ;
Mais, sans les Grâces, ce n'est rien.

Apprenez-moi, mon cher confrère ;
Dit le Sage disgracié,
Comment chez vous, à l'art de plaire,
Le génie est associé.
Je veux me former sur vos traces,
Votre conseil fera ma loi.
Eh bien, dit Platon, croyez-moi,
Mon cher, sacrifiez aux Grâces.

L'esprit et les talens font bien ;
Mais, sans les Grâces, ce n'est rien.

Dans une chapelle voisine
Anaximandre s'en alla ;
Aglaé, Thalie, Euphrosine,
Sourirent en le voyant là.
Il fut initié par elles
Dans leurs mystères enchanteurs ;
Il revint couronné de fleurs,
Il ne trouva plus de cruelles.

L'esprit et les talens font bien ;
Mais, sans les Grâces, ce n'est rien.

La métamorphose soudaine
Du pédant fit l'homme du jour ;
Les bonnes - fortunes d'Athène
Vinrent l'accueillir tour-à-tour.
Et quand il trouvait sur ses traces
Quelque pédant de mauvais ton ,
Il lui disait : Croyez Platon ,
Mon cher, sacrifiez aux Grâces.

L'esprit et les talens font bien ;
Mais, sans les Grâces, ce n'est rien.

———————

PERSONNAGES.	*ACTEURS.*
ANAXIMANDRE.	*M. DAMAS.*
PHROSINE.	*Melle. BOURGOIN.*
ASPASIE , *sœur* de P hrosine.	*Melle. VOLNAIS.*
MÉLIDORE.	*M. MICHELOT.*
Une PRÊTRESSE des Grâces.	*Melle. GROS.*
Deux autres Prêtresses.	

La Scène est à Athènes.

ANAXIMANDRE,

COMÉDIE.

Le Théâtre représente un Bosquet sacré qui environne le Temple des Grâces ; les arbres et les fleurs du Bosquet doivent être distribués avec goût, et orner la Scène; l'architecture du Temple, dont on voit le portique, doit être simple, mais élégante.

SCÈNE PREMIÈRE.

ANAXIMANDRE, *assis, des tablettes à la main.*

CETTE enfant-là me tourne la cervelle ;
Je ne vois plus, je ne rêve plus qu'elle.
Je meurs d'un mal que je veux renfermer.....
Anaximandre!.... il te sied bien d'aimer !
Ne sais-tu pas qu'une vertu sévère,
Un esprit droit, un cœur noble et sincère,
Sur tout ce sexe ont bien peu de pouvoir ?
C'est par des riens qu'il se laisse émouvoir.

Des jeunes gens volages et frivoles,
Conteurs, plaisans de quelques fariboles,
Extravagans, indiscrets, étourdis,
Belles, voilà vos amans favoris;
Et près de vous, l'honnête homme, le sage,
Fait bien souvent un fort sot personnage.
Moi! déclarer que je suis amoureux!
Cachons plutôt ce penchant malheureux;
Et, s'il se peut.... Mais je vois Aspasie:
A son aspect, je sens ma frénésie
S'accroître encore!.... et je ne puis la fuir!....
Cruelle enfant!..... que tu me fais souffrir!....

SCÈNE II.

ANAXIMANDRE, ASPASIE.

ANAXIMANDRE, *brusquement.*

QUE voulez-vous?

ASPASIE.

Je venais pour vous dire....

ANAXIMANDRE.

Quoi? Parlez donc.

ASPASIE.

Oh, mais! je me retire,
Si vous grondez.....

ANAXIMANDRE.

Non, je ne gronde pas:
Mais vous pouviez tourner ailleurs vos pas.

Vous savez bien que , lorsque je médite ,
Je ne veux pas qu'on me rende visite.
Je m'occupais d'un point très-important ,
D'où mon repos , d'où mon bonheur dépend ;
Et vous prenez ce temps pour me distraire !

ASPASIE.

Mon cher tuteur, si j'ai pu vous déplaire,
J'en suis fâchée ; et vous êtes si bon ,
Que j'obtiendrai, sans peine , mon pardon.

ANAXIMANDRE.

Appuyez moins sur ma bonté , de grâce ;
De complimens volontiers je me passe :
Je suis sincère , et hais le ton flatteur.

ASPASIE.

Moi ! vous flatter ! jamais , mon cher tuteur.
Vous , le soutien de ma timide enfance ,
Douteriez-vous de ma reconnaissance ?
Ah ! je suis loin de la bien exprimer.
Vous révérer , vous servir , vous aimer ,
Voilà mes vœux et ma plus chère étude :
Je m'en suis fait une douce habitude.
Depuis cinq ans je n'ai que de beaux jours ,
Et c'est à vous que j'en dois l'heureux cours.

ANAXIMANDRE, *à part.*

Comment tenir à sa voix de sirène ,
Et résister au charme qui m'entraîne ?
Faut-il me voir à ce point asservi ?
　　(*A Aspasie*).
C'en est assez !...., éloignez-vous d'ici ;

Je ne saurais plus long-temps vous entendre.
Vous affectez un son de voix si tendre,
Et des regards si touchans et si doux !......
Je ne suis point tranquille auprès de vous.
Oui, vous troublez le repos de ma vie....
Vous me quittez ?

ASPASIE.

J'obéis.

ANAXIMANDRE.

Aspasie,
Pourquoi me fuir ? Revenez, demeurez ....

ASPASIE.

Pour me gronder encor ?

ANAXIMANDRE.

Quoi ! vous pleurez !

(*A part*).

Ah ! sa douleur lui prête encor des charmes.

(*Haut*).

Est-ce donc moi qui fais couler vos larmes ?
Venez ici, je veux vous consoler;
Venez, osez me voir et me parler :
Je ne suis point un censeur inflexible.
Je parais dur, et je suis trop sensible.
Je veux entrer dans vos moindres secrets :
Qui plus que moi prendra vos intérêts ?
Vous ignorez combien vous m'êtes chère.

ASPASIE.

Non, je le vois, vous m'aimez comme un père.

Depuis long-temps vous m'en avez servi.
Le mien, hélas! que la mort m'a ravi,
Avait en vous l'ami le plus sincère.
Il mourut pauvre ; et moi, dans la misère,
Avec ma sœur, je restais sans secours ;
Mais vos bontés furent notre recours.
Puis-je oublier ce trait si mémorable,
Ce testament, à tous deux honorable,
Que fit mon père ?.... Il vous connaissait bien.
« J'ai vécu pauvre, et je ne laisse rien :
(Ce sont ses mots, il m'en souvient sans cesse):
» Heureusement, j'eus, au lieu de richesse,
» Un ami vrai. Pour m'acquitter vers lui
» Comme je dois, je lui lègue aujourd'hui
» Le noble soin d'élever mes deux filles,
» De les placer dans d'honnêtes familles,
» Et de fournir à leur dot de son bien.
» Voilà le legs que mon cœur fait au sien ».
Jusqu'à présent, votre bonté constante
De notre père a surpassé l'attente ;
Ma sœur et moi, grâce à vos tendres soins,
Avons toujours ignoré les besoins.
Athène admire et bénit le modèle
D'une amitié rare autant que fidelle ;
Et l'on verra les siècles à venir
D'un trait si beau garder le souvenir.

ANAXIMANDRE.

Fille charmante ! aimable créature !
Ah ! gardez bien cette âme honnête et pure.
De votre bouche, il le faut avouer,
J'ai du plaisir à m'entendre louer.

Que vous avez de grâce et d'éloquence !
Votre amitié, voilà ma récompense.
Oui, j'ose ici vous imposer la loi
De me chérir, de ne chérir que moi......

(*Très - tendrement*).

Pardonne-moi, ma charmante Aspasie ,
Quelques chagrins répandus sur ta vie :
Tes pleurs coulaient encore en ce moment;
Pardonne.... Hélas ! mon fol emportement

(*Il lui prend la main*).

Mérite plus de pitié que de blâme.
Si tu pouvais lire au fond de mon âme !.....

(*Il est près de baiser la main d'Aspasie ; puis il*
la quitte brusquement).
(*A part*).

Qu'allais-je faire !.... Impérieux penchant !

(*A Aspasie*).

Faible raison !.... Ecoutez, mon enfant.
Je veux bientôt achever mon ouvrage,
Vous établir ; je songe au mariage
De votre sœur....

ASPASIE.

Oui, vraiment ; songez-y :
Si vous saviez comme son tendre ami,
Son Mélidore et gémit et soupire !
Ma sœur aussi, qui fait semblant de rire,
Ressent par fois de secrètes douleurs,
Et dans ses yeux j'ai surpris quelques pleurs.
Enfin tous deux par ma voix vous conjurent
De mettre fin aux tourmens qu'ils endurent;

Et, de leur part, je venais vous presser.

ANAXIMANDRE.

Mes chers enfans, qu'ai-je à vous refuser ?
Je les unis, s'ils veulent, ce jour même.

ASPASIE.

Ils en seront dans une joie extrême.

ANAXIMANDRE.

Je dois aussi, dans peu, songer à vous.......

ASPASIE.

A moi?

ANAXIMANDRE.

Sans doute; il vous faut un époux.
Je vous destine un homme de mon âge,
Que je connais et que j'estime, un Sage,
Un Philosophe.....

ASPASIE.

Ah, ciel ! vous m'effrayez !
Quoi, mon tuteur ! vous me sacrifiriez !
Ah ! faites choix d'un autre, je vous prie :
Si vous aimez un peu votre Aspasie,
Qu'il ne soit point Philosophe.....

ANAXIMANDRE.

Eh ! pourquoi?
S'il vous aimait ?.... s'il était.... comme moi?

ASPASIE.

Je le sens bien, il serait estimable;
Mais....

ANAXIMANDRE.

Achevez.

ASPASIE.

Je le voudrais aimable.

ANAXIMANDRE, *à part.*

Elle m'accable, hélas! sans s'en douter.

ASPASIE.

Ce que je dis semble vous agiter;
Vous pâlissez! quel sujet vous altère?

ANAXIMANDRE, *avec éclat.*

Fatal objet, que le ciel en colère
Pour mon tourment a formé tout exprès,
Je veux vous fuir, vous quitter à jamais.
Votre air naïf cache une âme perfide;
Ce front si doux, ce regard si timide
Promet la paix, la raison, la candeur;
Mais tout cela n'est pas dans votre cœur.
Prenez un fat, un être méprisable,
Qui, se couvrant d'un dehors agréable,
Sera volage, et frivole, et jaloux;
Et vous aurez un mari fait pour vous.

ASPASIE.

Mon cher tuteur!.... Mais il fuit! il me quitte!

SCÈNE III.

ASPASIE, *seule.*

Qu'ai-je donc fait ? qu'ai-je dit qui l'irrite ?
Ah ! je ne puis supporter sa douleur.
Depuis un temps, il est sombre et rêveur ;
En me parlant, il s'emporte, il s'appaise :
Je suis la seule ici qui lui déplaise.
Je le chagrine .... Apparemment, hélas !
J'ai des défauts que je ne connais pas.
Mais quelle fille est parfaite, à mon âge ?
Avec le temps, je deviendrai plus sage ;
Je ferai tout pour le voir satisfait,
Et mériter qu'il m'aime.... tout-à-fait.

SCÈNE IV.

ASPASIE, PHROSINE, *entre en riant.*

ASPASIE.

J'entends ma sœur.... toujours vive et légère !
Toujours riant ! Quel heureux caractère !

PHROSINE.

Ah ! si je ris, ce n'est pas sans sujet :
Je te mettrai bientôt dans le secret..

ASPASIE.

Auparavant, sachez une nouvelle
Qui vous fera grand plaisir.

PHROSINE.

Quelle est-elle?

PHROSINE.

On vous marie aujourd'hui.

PHROSINE.

Bon! tant mieux;
Et Mélidore en sera bien joyeux.
Le bon enfant que ce cher Mélidore!
Il m'aime bien! je l'aime plus encore!
Avec transport je vais former ces nœuds,
Et mon bonheur est de le rendre heureux.
Mais je m'oublie, et te parle sans cesse
De mon amant....

ASPASIE.

Ce sujet m'intéresse.

PHROSINE.

Je le crois bien. Mais il faudrait aussi
Parler un peu du tien.....

ASPASIE.

Moi! dieu merci,
Je n'en ai point....

PHROSINE.

PHROSINE.

Tu n'en as point! quel conte!
A le nier je te trouve un peu prompte;
Mais c'est en vain. Je sais très-bien, ma sœur,
Que vous avez un humble adorateur,
Un tendre amant, qui cache dans son âme
Une très-vive et très-discrète flamme....

ASPASIE.

Et quel est-il? Me direz-vous son nom?

PHROSINE.

Tu le connais.

ASPASIE.

Point du tout.

PHROSINE.

Si fait.

ASPASIE.

Non.

PHROSINE.

Eh bien, c'est....

ASPASIE.

Qui? c'est trop me faire attendre.

PHROSINE.

Un moment. C'est....

ASPASIE.

Qui donc?

PHROSINE.

Anaximandre.

ASPASIE.

Notre tuteur?

PHROSINE.

Oui, tu l'as su charmer.

ASPASIE.

Bon ! vous croyez qu'un savant peut aimer ?
Il a, vraiment, bien autre chose à faire !

PHROSINE.

Non; dès qu'on aime, on n'a plus qu'une affaire.

ASPASIE.

Ma sœur s'amuse , et veut m'inquiéter.

PHROSINE.

Moi? je dis vrai ; tu n'en dois pas douter.
Le cher tuteur, que cet amour dévore,
A confié sa peine à Mélidore,
Qui m'a tout dit en grand secret; et moi,
Discrètement , je n'en parle qu'à toi.
D'un philosophe avoir tourné la tête,
Cela s'appelle une rare conquête !

ASPASIE.

Mais, tout à l'heure, il vient de me gronder ;
Quand il me voit, il a l'air de bouder :
J'ai grand besoin qu'un philosophe m'aime !
Je n'en veux point ; je l'ai dit à lui-même.
Que dirait-on, si j'acceptais sa foi ?
On ne ferait que se moquer de moi.

Ne croyez pas que jamais j'y consente.

PHROSINE.

De ce galant tu n'es donc pas contente ?
Je conviendrai qu'il n'est pas fort joli ;
Mais, hors ce point, c'est un homme accompli.......

ASPASIE.

Laissons cela. Vous ne cherchez qu'à rire
A mes dépens ; mais vous avez beau dire,
Je ne crois point mon tuteur amoureux,
Et la sagesse a seule tous ses vœux.

PHROSINE.

Tu ne crois point ? Mais c'est me faire injure,
Que de douter d'un fait que je t'assure.
Pour te punir, je te le prouverai
Très-clairement, ou bien je ne pourrai.

ASPASIE.

Prouvez-le donc ; je serai satisfaite.

PHROSINE.
Tu le veux ?

ASPASIE.

Oui ; c'est ce que je souhaite.

PHROSINE.

Ma foi ! tu vas en avoir le plaisir ;
Car j'aperçois notre tuteur venir.
Il semble exprès que le ciel nous l'adresse.
Je veux ici, sans beaucoup de finesse,

Tirer de lui l'aveu de son tourment,
Et qu'il s'explique intelligiblement.
Mais le voici. Retiré-toi, ma chère,
Et ne dis-mot : le reste est mon affaire.

(*Aspasie se cache tout à fait. Phrosine se retire*
au fond du théâtre, de manière qu'Anaximandre
entre sans l'apercevoir.)

SCÈNE V.

ANAXIMANDRE, PHROSINE, ASPASIE, *cachée.*

ANAXIMANDRE, *se croyant seul.*

C'EN est donc fait ; ce funeste poison
A triomphé de toute ma raison.
J'ai beau combattre un amour ridicule ;
Son feu cuisant dans mes veines circule ;
Il me pénètre, il dévore mon sein,
Et dans mes fers je me débats en vain.

PHROSINE, *à part.*

Dans sa douleur, il gronde, il s'apostrophe.
Vous en tenez, sublime philosophe ;
Nous parviendrons à vous faire jaser.
Jamais amant sut-il se déguiser,
Et renfermer le feu qui le dévore ?

ANAXIMANDRE, *toujours se croyant seul.*

Aimable enfant, ton cœur novice encore,

Toujours paisible et pur comme un beau jour,
Ne fut jamais agité par l'amour.
Heureux cent fois le mortel fait pour plaire,
Qui, t'inspirant un trouble involontaire,
Et dans ton âme éveillant le désir,
Sera l'objet de ton premier soupir!

PHROSINE, *à part.*

Fort bien, vraiment! Je m'aperçois qu'un sage
Tient quelquefois un assez doux langage.

ANAXIMANDRE, *à part.*

Si je pouvais!... O ciel! tout est perdu;
Je vois Phrosine.... aurait-elle entendu?

(*A Phrosine.*)

Eh quoi! c'est vous! quel sujet vous amène?
Je n'aime pas qu'ainsi l'on me surprenne.....
Vous étiez là, peut-être.... à m'écouter?

PHROSINE,

Qui vous écoute est sûr de profiter.
Tous vos discours, dictés par la sagesse,
Partent d'un cœur qui n'a point de faiblesse.
Un moraliste, en ses réflexions,
Voit le néant des folles passions;
Il fuit l'orgueil, les soupçons, les querelles,
Sur-tout l'amour et les appas des belles:
Car c'est le piége où le plus sage est pris;
Qu'en dites-vous?

ANAXIMANDRE.

Je suis de votre avis.

Oui, l'amour est un piége redoutable,
Un piége affreux, peut-être inévitable;
Trop rarement on sait s'en garantir.
On le déteste, et l'on vient y périr.

PHROSINE.

Ah! c'est du moins une folie aimable;
C'est la plus douce et la plus excusable;
Et tel, tout haut, déclame avec rigueur
Contre l'amour, qui brûle au fond du cœur:
Je m'y connais : aisément je devine....

ANAXIMANDRE.

Comment? de qui parlez-vous là, Phrosine?
Ce ton railleur....

PHROSINE.

                    Mon dieu! point de courroux.
Eh! qui vous dit que l'on parle de vous?
Seriez-vous donc amoureux?

ANAXIMANDRE, *à part.*

                              La traîtresse
Sait mon secret, et rit de ma faiblesse;
(*A Phrosine.*)
Je le vois trop. Phrosine, épargnez-moi :
Vous plaisantez, je ne sais trop pourquoi.

PHROSINE.

Vous ne savez?... Ah! soyez plus sincère,
Mon cher tuteur. Laissez-là le mystère.

Rien ne m'échappe ; on ne me trompe pas.
Pour un amant, je vous le dis tout bas,
Dissimuler est un effort extrême :
Presque toujours il se trahit lui-même.
Un geste, un mot découvre son ardeur.
Depuis long-temps, votre air sombre et rêveur,
Certains regards tendres et pathétiques,
Et des discours... très-peu philosophiques
M'ont appris....

ANAXIMANDRE.

Quoi ! vous m'auriez soupçonné ?...

PHROSINE.

J'ai fait bien mieux, vraiment ; j'ai deviné,
Et dans vos yeux, malgré vous, j'ai su lire
Que vous aimez, que vous n'osez le dire,
Que la sagesse, en guerre avec l'amour,
Le fait céder et lui cède à son tour,
Qu'enfin l'objet dont votre âme est remplie,
C'est....

ANAXIMANDRE.

Taisez-vous.

PHROSINE.

C'est ma sœur Aspasie....
Vous vous troublez ; je suis sûre du fait.

ANAXIMANDRE.

Phrosine !.... Eh bien ! Vous savez mon secret.
Au nom des Dieux, si ma douleur vous touche,
Sur ce secret n'ouvrez jamais la bouche,

A votre sœur sur-tout cachez-le bien ;
Vous causeriez son malheur et le mien.
Il est trop vrai que je brûle, que j'aime,
Que je voudrais le cacher à moi-même.
Indigne aveu !

PHROSINE.

Le grand mal que voilà !
Qu'avec regret vous avouez cela !

ANAXIMANDRE.

Moi!... moi ! que j'aime et que je cherche à plaire ?

PHROSINE.

Pourquoi donc pas ? Voyez la belle affaire !
Vous lui plairez, c'est moi qui vous le dis :
Mais écoutez, et suivez mes avis.
Défaites-vous de cette barbe énorme
Qui vous déguise et qui vous rend difforme.
Ce manteau brun vous vieillit de dix ans.
Quittez cela ; voyez nos élégans :
C'est un habit qu'il faudra qu'on vous brode ;
Je vous dirai la couleur à la mode.
Tous ces points là chez vous autres savans,
Semblent des riens : ces riens sont importans !
Ils font valoir la taille, la figure :
Adonis même eut besoin de parure.

ANAXIMANDRE.

Vous me donnez des conseils merveilleux !
Qui ? moi ? j'irais faire l'avantageux,

D'un jeune fat copier la folie,
Et posément jouer l'étourderie?
Je me ferais siffler, montrer au doigt;
Mon air léger paraîtrait gauche et froid....
Et cependant jugez de ma faiblesse
Et du pouvoir d'une aveugle tendresse :
Si je voyais, pour plaire à votre sœur,
Qu'il me fallût changer de ton, d'humeur,
Devenir fat et galant malhabile,
Me faire enfin chansonner par la ville;
De mon amour tel est l'indigne excès,
Je crois encor que je m'y résoudrais.
Heureux, content, si me rendant justice
Elle sentait le prix du sacrifice;
Et si son cœur, comme le mien épris,
M'aidait du moins à braver le mépris!

PHROSINE.

Vous devenez déjà plus raisonnable :
Sans être fat, on peut être agréable,
Faire sa cour, prendre le ton galant,
Et.... par exemple, il vous manque un talent...

ANAXIMANDRE.

Lequel?

PHROSINE.

Je vais vous paraître un peu folle.
Que voulez-vous? notre sexe est frivole :
Heureux qui sait sur nos goûts se régler!
Pour nous séduire, il faut nous ressembler.

ANAXIMANDRE.

Phrosine, enfin, où tend ce préambule ?

PHROSINE.

Dût mon projet vous sembler ridicule,
Mon avis est qu'il faudrait commencer....

ANAXIMANDRE.

Eh bien ! par où ?

PHROSINE.

Par apprendre à danser.

ANAXIMANDRE.

Moi ! que je danse ?

PHROSINE.

Oui, si vous voulez plaire.
C'est un talent important, nécessaire.
Que voulez-vous qu'on fasse d'un amant
Qui ne sait pas saluer seulement ?

ANAXIMANDRE.

A danser, moi, j'aurais fort bonne grace !

PHROSINE.

Bon ! est-ce là ce qui vous embarrasse ?
C'est moins que rien.... Et tenez, sans façon,
Nous sommes seuls ! prenez une leçon.

Sans me flatter, je puis servir de maître ;
Essayez-en.

ANAXIMANDRE.

Cela ne saurait être :
Grâces au ciel, l'amour ne me fait point
Extravaguer encor jusqu'à ce point.

PHROSINE.

Ah ! vous voilà ! Toujours de la morale !
Jadis Hercule a filé pour Omphale,
Et ce héros, vaincu par deux beaux yeux,
N'en est pas moins au rang des demi-Dieux.
Consolez-vous ; filer pour une belle
Fait moins d'honneur que danser avec elle.

(*En lui prenant la main.*)

Ça, commençons.

ANAXIMANDRE, *hésitant.*

Quoi ! sérieusement ?
Vous espérez....

PHROSINE.

Quelques pas seulement.

ANAXIMANDRE.

Non, point du tout.

PHROSINE.

Rien qu'une révérence,
Là.

ANAXIMANDRE.

C'est avoir bien de la complaisance.

PHROSINE.

Allons, courage.... avancez quelques pas....
Encor.... encor.... saluez.... bas.... plus bas....

(*En disant ces deux vers, elle conduit Anaxi-*
mandre jusqu'à la coulisse où est cachée Aspasie:
Pendant que le Philosophe salue et demeure
courbé, elle tire de force Aspasie de sa cachette,
la place devant lui, et dit):

Belle Aspasie, agréez cet hommage ;
Il est flatteur ; car c'est celui d'un sage.

ANAXIMANDRE.

Que vois-je ? ô Ciel ! quel tour !... il est affreux !
Dans le complot vous étiez toutes deux,
Enfans ingrats, et votre perfidie.....
De mes regards ôtez-vous, je vous prie :
Après un trait si méchant et si noir,
Je ne veux plus vous parler, ni vous voir.

(*Aspasie s'enfuit; Phrosine ne fait que s'éloigner un*
peu).

Quoi ! me jouer ainsi, moi qui les aime,
Qu'elles devraient aimer !.....

SCÈNE VI.

ANAXIMANDRE, PHROSINE, *un peu éloignée*, MÉLIDORE.

MÉLIDORE, *à Anaximandre.*

Ah! c'est vous-même !
Je vous cherchais ; eh bien ! quand daignez-vous
Remplir mes vœux , mon espoir le plus doux ?
Votre bonté dès long-temps me destine
Le cœur, la main de l'aimable Phrosine :
Mettez enfin le comble à vos bienfaits ,
Et que ce jour.....

ANAXIMANDRE.

Vous ne l'aurez jamais.

MÉLIDORE.

Jamais ! ô Ciel ! que dites-vous ? j'atteste.....

ANAXIMANDRE.

Je vous ferais un présent trop funeste ;
N'y pensez plus.

MÉLIDORE.

Vous connaissez mon cœur ,
Et vous voulez !....

ANAXIMANDRE.

Je veux votre bonheur.

Que la raison enfin vous détermine.

MÉLIDORE.

Ah ! mon bonheur est d'adorer Phrosine.

(*A Phrosine*).

Mais quel sujet l'irrite donc si fort ?
Belle Phrosine , apprenez-moi mon sort ;
D'où peut venir ce courroux qui m'accable ?

PHROSINE.

Hélas ! c'est moi qui suis seule coupable ,
Et c'est moi seule aussi qu'on veut punir
Par ce refus qu'on fait de nous unir.

MÉLIDORE.

Coupable ! vous ? la faute , quelle est-elle ?
Qu'avez-vous fait ?

PHROSINE.

C'est une bagatelle ,
Un rien.

ANAXIMANDRE.

Un rien ? soyez de bonne foi :
Était-ce à vous de vous jouer de moi ?
C'est pour mon cœur le tourment le plus rude
Que d'être ainsi payé d'ingratitude.
Vous me portez de trop sensibles coups ;
Je veux vous fuir et vous oublier tous.
Je chercherai , loin d'ici , quelqu'asyle
Où j'irai vivre ignoré , mais tranquille ,
De mes erreurs hâter la guérison ,
Et retrouver peut-être ma raison.

MÉLIDORE.

Que dites-vous ? quel étrange système !
Pourquoi quitter des lieux où l'on vous aime ?
Pourquoi nous fuir ? Ah ! restez parmi nous :
Votre bonheur nous est si cher à tous !
Tout vous répond en ces lieux d'une vie
Par l'amitié, par l'amour embellie ;
Oui, par l'amour ; ce soir même je veux
Voir s'accomplir les plus doux de vos vœux.
Hier pour vous, à l'Amour, à sa mère,
J'ai dans leur temple adressé ma prière :
Mes vœux ardens ont été bien reçus,
Et mon encens a su plaire à Vénus.
De la Prêtresse écoutez la réponse :
Voici sur vous ce que Vénus prononce :
« Si ton ami veut être heureux amant,
» S'il veut toucher l'objet de son tourment,
» Fixer enfin les plaisirs sur ses traces,
» Qu'il aille offrir un sacrifice aux Grâces ».
Que cet oracle a satisfait mon cœur !
Il est pour vous le signal du bonheur ;
Osez compter sur ces douces promesses,
Allez fléchir trois aimables déesses ;
Et désormais, prêt à suivre leurs lois,
Implorez-les pour la premierè fois.

ANAXIMANDRE.

Faut-il donner, en risquant cette épreuve,
De ma faiblesse une nouvelle preuve ?
N'importe ; allons, quel qu'en soit le succès,
Vénus l'ordonne, et moi, je m'y soumets ;

Mon cœur séduit saisit avec ivresse
Tout ce qui sert à flatter sa tendresse....

MÉLIDORE.

Entrons au temple.

ANAXIMANDRE.

Allons, je m'y résous.

PHROSINE.

Je vous approuve, et vais parler pour vous.

ANAXIMANDRE.

Vous pouvez tout sans doute auprès des Grâces ;
Et moi j'en dois craindre quelques disgrâces.
Malgré cela, j'oserai, s'il vous plaît......

PHROSINE.

Sans doute, osez ; ce sera fort bien fait.

(*Anaximandre et Mélidore s'avancent vers le temple ; Mélidore frappe à la porte ; le temple s'ouvre ; trois prêtresses des Grâces viennent au-devant du Philosophe*).

SCÈNE VII.

ANAXIMANDRE, PHROSINE, MÉLIDORE,
Trois PRÊTRESSES des Grâces.

Une PRÊTRESSE.

Qui vous amène aux pieds de nos déesses ?
Quels sont vos vœux ? Parlez.

ANAXIMANDRE.

ANAXIMANDRE.

                   Belles prêtresses,

Anaximandre aux Grâces a recours,
Et son bonheur dépend de leur secours.
Vous les servez, rendez-les-moi propices :
Obtenez-moi leurs faveurs protectrices ;
J'ai trop long-temps, hélas ! pour mon malheur,
Fui leurs autels et leur culte enchanteur :
Sur leurs bontés pourtant je compte encore,
Je veux fléchir un objet que j'adore,
Et je leur viens demander à genoux
Le don de plaire à cet objet si doux.

LA PRÊTRESSE.

Eh ! quoi !.... c'est vous, austère Anaximandre ?
Vous, amoureux !.... Je vous trouve un air tendre ;
Un feu plus doux dans vos yeux est entré :
Ainsi l'Amour change tout à son gré.
Les Grâces vont achever le prodige ;
De leurs attraits l'invincible prestige
Toujours senti, toujours mal imité,
Est plus touchant, plus beau que la beauté.
A leur empire on ne peut se soustraire ;
Suivez-moi donc, venez apprendre à plaire.
De nos leçons, initié discret,
Profitez bien ; mais gardez le secret.
Ne craignez point des épreuves pénibles,
Vous connaîtrez des mystères paisibles ;
Doux, enchanteurs, réglés par les plaisirs,
Et le succès passera vos désirs.

Anaximandre.   C

ANAXIMANDRE.

A vos bontés, plein d'espoir, je me livre.

LA PRÊTRESSE.

Venez, entrons; votre ami peut nous suivre.

(*A Phrosine*)

Vous, demeurez ; il suffit d'un témoin,
Et de nos dons vous n'avez pas besoin.

SCENE VIII.

PHROSINE, *seule.*

Faut-il en croire un si flatteur oracle ?
On nous promet un assez beau miracle :
Ce philosophe austère, renfrogné,
Va revenir de roses couronné,
Tout différent, en un mot, de lui-même.
Mais pour ma sœur quelle surprise extrême !
Son œil, trompé par un tel changement,
Méconnaîtra, je gage, son amant.
C'est elle-même ici qui se présente :
Je veux l'induire en une erreur plaisante ;
Et par un conte arrangé tout exprès,
Savoir un peu ses sentimens secrets.

SCÈNE IX.

ASPASIE, PHROSINE.

ASPASIE.

Eн bien ! est-il encor fort en colère ?

PHROSINE.

Que je t'apprenne ; écoute-moi , ma chère.

ASPASIE.

Comme il grondait ! vraiment, il m'a fait peur.

PHROSINE.

Il fautte dire....

ASPASIE.

Aussi , c'est vous , ma sœur ;
Auriez-vous dû ?....

PHROSINE.

Bon , bagatelle pure.
Mais sais - tu bien une grande aventure ?
Tout change ici : tu vas , dans un moment
A tes genoux voir un nouvel amant.

ASPASIE.

Un autre amant ! vous vous moquez encore !

PHROSINE.

C'est un ami du galant Mélidore,
Un philosophe, et qui pourtant , dit-on ,
Joint l'art de plaire au don de la raison ;
Ce n'est plus là le brusque Anaximandre ,
Toujours grondant, toujours prompt à reprendre ,
Par son abord effarouchant les jeux,
Se donnant l'air encor d'être amoureux;
Sage manqué , prétendu philosophe ,
Au fond , savant d'une très-mince étoffe....

ASPASIE.

Ah! juste Ciel! que dites-vous , ma sœur ?
Vous le traitez avec trop de rigueur ;
Vous l'insultez, ce Sage qui nous aime ,
Vous , qui souvent m'avez vanté vous-même ,
Et ses vertus que l'on doit respecter ,
Et ses bienfaits qui nous font subsister.
Combien de fois je vous ai rencontrée
Toute attendrie et l'âme pénétrée
De quelque trait de cet homme si grand !
Vous en parliez avec ravissement ;
Vous le nommiez un véritable Sage.
C'était du cœur que partait ce langage.
Pourquoi changer aujourd'hui de discours ?
Ce qu'il était , ne l'est-il pas toujours ?
Ah! croyez-moi , quoi que vous puissiez dire ,
Notre bonheur est tout ce qu'il désire.

PHROSINE.

Eh ! mais.... tu prends la chose au sérieux ;

Cet autre amant te conviendra bien mieux.
Il faut le voir.

ASPASIE.

Allons, vous êtes folle.

PHROSINE.

Tu le verras; car j'ai donné parole.

ASPASIE.

Non, je ne puis.... Que dirait mon tuteur?

PHROSINE.

Ce tuteur-là te tient beaucoup au cœur.

ASPASIE.

Eh! mais.... je dois lui demeurer soumise.
Je crois qu'il faut que son choix m'autorise.
Si cet amant n'était pas de son goût!
Tenez, ma sœur, moi je craindrais sur-tout
De l'affliger.

PHROSINE.

Va, tu n'as rien à craindre.
Notre tuteur n'aura point à se plaindre.
Tu le verras, loin d'en être jaloux,
Te supplier d'accepter cet époux.

ASPASIE.

A vous entendre, il ne m'aime donc guère.

SCÈNE X.

Les Mêmes, MÉLIDORE, ANAXIMANDRE.

(Le temple des Grâces s'ouvre ; Mélidore en sort avec Anaximandre qu'il tient par la main ; celui-ci est galamment paré).

PHROSINE, *à Aspasie.*

On vient; c'est lui, c'est ton amant, ma chère;
Reçois-le bien. Je te laisse.

ASPASIE.

Un moment.
Je resterais moi seule?....

PHROSINE.

Assurément.
Vous jaserez tête à tête à votre aise.
Il est charmant, et n'a rien qui ne plaise.
Adieu.

ASPASIE.

Demeure.

PHROSINE.

Eh, non.

ASPASIE.

J'ai peur....

PHROSINE.

> De quoi ?
>
> Tu fais l'enfant ! Allons , aguerris - toi.

> (*Phrosine sort, et emmène Mélidore.*

SCENE XI.

ANAXIMANDRE, ASPASIE.

ANAXIMANDRE , *un peu éloigné et respectueu-
sement.*

En vous offrant l'hommage le plus tendre ,
Belle Aspasie, à quoi dois-je m'attendre ?
D'un vain espoir ne m'a-t-on point flatté ?
Serai-je au moins sans colère écouté ?

ASPASIE , *avec embarras.*

Je ne sais pas quel espoir on vous donne.....
Ni vos desseins.... mais enfin je m'étonne
Qu'un inconnu ..... dès la première fois....

ANAXIMANDRE , *à part.*

Un inconnu ! que dit-elle ? Je vois
Que cet habit la trompe et me déguise.
Laissons durer un moment sa méprise.

(*A Aspasie*).

Ah ! pour céder à des charmes si doux,
Qu'est-il besoin d'être connu de vous ?

Dès qu'on a pu vous voir ou vous entendre,
Il faut aimer, même sans rien prétendre.
De la beauté tel est l'heureux pouvoir ;
Elle séduit souvent sans le savoir.
D'amans cachés une foule l'adore ;
Simple et modeste, elle seule l'ignore.
A ce portrait vous vous reconnaissez :
Oui, c'est ainsi que vous nous séduisez.

ASPASIE, *à part.*

Il est galant, et je le crois sincère.

ANAXIMANDRE.

Voulez-vous donc vous contenter de plaire,
Belle Aspasie ? et le plus pur amour
N'obtiendra-t-il de vous aucun retour ?
Hélas ! je viens d'implorer la puissance
Des déités qu'en ces lieux on encense :
Tous leurs attraits, admirés des mortels,
N'eussent jamais obtenu des autels.
On rend hommage à leurs douces faiblesses,
Et l'amour seul en a fait des déesses.
Imitez-les. Vous avez leur beauté ;
Ayez encor leur sensibilité :
Au rang des dieux vous monterez comme elles.
L'Olympe attend les héros et les belles.

ASPASIE, *à part.*

Cet amant là, sans mentir, est charmant.

(*A Anaximandre.*)

Je l'avouerai, vous louez joliment ;

Vos discours ont des grâces que j'admire.
Mais cependant que puis-je ici vous dire?
Je ne suis point ma maîtresse; et ma foi,
Pour la donner, ne dépend point de moi.

ANAXIMANDRE.

Oui, je le sais; un tuteur vous enchaîne;
Il a pour vous un amour qui vous gêne,
Qui vous déplaît, et même son dessein
Est, m'a-t-on dit, d'obtenir votre main.
Il croit vous rendre à ses vœux favorable;
Mais ce tuteur enfin n'est point aimable;
Il est bourru, philosophe, grondeur....

ASPASIE.

Ah ! gardez-vous d'offenser mon tuteur.
Il est si bon! si généreux! si sage!
Je lui dois tout, et je suis son ouvrage :
Ses volontés décideront mon sort.
Que ne peut-il sur lui faire un effort,
A ses vertus joindre un air moins sauvage!
Et que n'a-t-il enfin votre langage !

ANAXIMANDRE.

Et jusque-là s'il savait se forcer,
Entre nous deux vous pourriez balancer?

ASPASIE.

Non, croyez-moi, je dis ce que je pense;
Anaximandre aurait la préférence.

ANAXIMANDRE, *à part.*

Elle m'enchante!.... Ah! c'est assez jouir
De son erreur; il faut me découvrir.
    (*A Aspasie.*)
Chère Aspasie, as-tu pu t'y méprendre?.
Vois à tes pieds, vois ton Anaximandre
Ivre d'amour, transporté de plaisir,
Qui pour jamais jure de te chérir....

ASPASIE.

C'est vous!

ANAXIMANDRE.

            Tu vois ce que l'amour peut faire.
Je t'adorais; mais il fallait te plaire:
Le philosophe est devenu galant.
Que dois-je attendre après ce changement?

ASPASIE, *se jettant dans ses bras.*

Ah, mon ami; mon tuteur et mon père!
Qui voulez-vous que mon cœur vous préfère?
Formé par vous, ce cœur est votre bien;
Je vous le dois, et ne vous donne rien.
                (*Il lui baise la main.*)

SCÈNE XII et dernière.

Les précédens, PHROSINE, MÉLIDORE.

PHROSINE.

Fort bien, vraiment. Enfin, notre Aspasie
Prend donc du goût pour la philosophie?

ANAXIMANDRE.

Vous me voyez au comble de mes vœux.
Mais il me reste à vous unir tous deux :
Votre bonheur au mien est nécessaire.

PHROSINE.

J'avais bien dit que vous sauriez lui plaire.
Une autre fois, prendrez vous mes avis ?
Vous plaignez-vous de les avoir suivis ?
Vous le voyez : un savoir admirable
Et des vertus ne rendent point aimable :

L'esprit et les talens font bien ;
Mais, sans les Grâces, ce n'est rien.

FIN.

SUR LES CHANGEMENS

FAITS

A la Tragédie de Nicomède, de P. CORNEILLE.

MON amour pour l'art du Théâtre, et ma vénération religieuse pour le génie du grand Corneille, m'ont déterminé à risquer de faire à sa tragédie de *Nicomède*, des changemens qui ont paru nécessaires. Voici à quelle occasion j'ai entrepris ce travail.

Je m'entretenais un soir, sur le Théâtre de la Comédie Française, avec notre acteur tragique, *Talma*, du chagrin qu'on éprouvait quelquefois, aux représentations de certaines tragédies de Corneille, lorsqu'auprès des plus sublimes beautés, on trouvait des disparates fâcheuses, des expressions vieillies ou triviales, qui faisaient murmurer ou sourire l'auditoire. Nous désirions tous deux qu'il y eût moyen de faire cesser cette espèce de scandale.

Je lui fis part d'un changement que je désirerais dans *Polyeucte* (1); il en fut d'avis, et m'ajouta qu'il étudiait le rôle de *Nicomède*; que cette pièce aurait plus besoin de changemens que *Polyeucte*. Il me proposa de les faire; je m'y engageai, peut-être un peu légèrement.

_____

(1) C'est celui qu'on trouvera imprimé ci-après.

Toutefois cette tâche n'était pas impossible ; s'il eût fallu indispensablement faire de beaux vers , des vers *Cornéliens* , il n'eût appartenu ni à moi ni à bien d'autres de l'essayer ; mais il ne s'agissait que de supprimer des longueurs, d'ôter des trivialités , de polir des vers incorrects ; enfin, c'était un ouvrage de goût, et non pas une œuvre de génie qu'il fallait produire.

Mais ce travail ingrat, obscur , devait avoir son mérite , parce qu'il avait ses difficultés. Pour y réussir , voici les règles que j'ai cru les meilleures à suivre.

1°. Faire ce travail beaucoup moins pour soi , que pour Corneille et pour le Public. Ce qui a fait échouer quelques auteurs dans des tentatives semblables , c'est qu'ils ont voulu être remarqués à côté de leur original.

2°. Prendre bien garde , en cherchant la correction , de sacrifier l'énergie du texte ; à remplacer une faute de construction par une platitude , il y aurait plus à perdre qu'à gagner.

3°. Respecter les vers où se trouvent des idées fortes , des expressions hardies qui décèlent le génie de Corneille ; ne supprimer ou ne changer que les vers qui pèchent par le fonds et par la forme , tels que ceux-ci :

Pour garder votre cœur ,je n'ai pas où le mettre.

Si ce front est mal propre à m'acquérir le vôtre ,
  (votre cœur),

Quand j'en voudrai changer, j'en saurai prendre un
  autre.

Ou ceux dont l'incorrection n'est rachetée par aucune beauté , par exemple :

La haine que pour vous elle a si naturelle.

Tantôt en le voyant, j'ai fait de l'effrayée , etc.

Les changemens qui ne porteront que sur des endroits semblables , pourront être presqu'insensibles , à les prendre séparément ; mais s'ils sont bien faits, il résultera de leur ensemble de grands avantages ; l'admiration des spectateurs ou des lecteurs ne sera plus réfroidie , leur plaisir ne sera plus troublé , enfin rien ne les arrêtera que les beautés qui seront toutes à Corneille.

4°. Faire ensorte que la couleur des changemens se fonde dans celles de l'original ; et pour cela , éviter toute locution , toute pensée même et toute forme de vers qui n'appartienne pas au temps où l'auteur a écrit, ou qui se ressente d'une époque plus moderne.

5°. Ne faire que les changemens nécessaires ou utiles , et n'en pas trop faire ; c'est au goût à vous avertir jusqu'où vous devez aller , et où il faut vous arrêter.

On conçoit aisément qu'il y aura toujours à cet égard un peu d'arbitraire ; que tel changement paraîtra aux uns nécessaire et aux autres indifférent ou minutieux ; tout ce que peut désirer celui qui fait un pareil travail , c'est que la très-grande partie des changemens qu'il propose soit généralement approuvée.

Tout cela peut paraître fort simple; mais tout cela est pénible à pratiquer; j'en parle par expérience.

Les changemens que j'ai faits, d'après ces principes, ont subi l'épreuve de plusieurs représentations données en l'an 12 et en l'an 13 (1804 et 1805); ils ont complètement réussi; ils sont inscrits sur l'exemplaire de la Comédie, et paraissent adoptés pour toujours au Théâtre Français.

Je les fais imprimer aujourd'hui, afin qu'on les retrouve au besoin, quand on en voudra faire usage, et afin que les Théâtres des départemens puissent imiter l'exemple que le Théâtre Français a donné.

Quelques-uns des changemens que j'ai proposés, n'ont pas été adoptés; je dois en avertir; ils seront marqués d'un astérisque *; ils sont en très-petit nombre.

C'est une manière assez désavantageuse de faire lire et juger des coupures, des vers refaits, que de les offrir ainsi isolément; il aurait mieux valu peut-être donner une édition nouvelle de NICOMÈDE, *conforme à la représentation.* Quelques circonstances m'en ont détourné. On en trouvera ici les matériaux qu'il sera facile de mettre à leur place.

Je désire que les littérateurs soient satisfaits de mon travail, que les amateurs du Théâtre m'en sachent quelque gré, et que le Public l'approuve et le consacre de plus en plus par son suffrage.

CHANGEMENS

FAITS

A la Tragédie de NICOMÈDE,

de P. CORNEILLE.

ACTE PREMIER.

SCÈNE I.

Après le quatrième vers :

Un si grand conquérant être encor ma conquête.
* Passer quatre vers.

Vers 9 et 10 , au lieu de :

Je vous vois à regret, tant mon cœur amoureux
Trouve la cour pour vous un séjour dangereux !

Substituer :

* ,, Toutefois à regret je vous vois de retour ;
,, Les piéges sous vos pas vont naître en cette cour ;
,, Votre marâtre y règne.

Vers 15 et 16, etc. au lieu de :

La haine que pour vous elle a si naturelle,
A mon occasion encor se renouvelle.

D

Votre frère son fils, depuis peu de retour.....

NICOMÈDE.

Je le sais, ma princesse, et qu'il vous fait la cour.

Substituer :

* „ Elle vous hait, Seigneur, et sa haine mortelle (1)
„ A mon occasion encor se renouvelle.
„ Votre frère son fils, revenu dans ces lieux....

NICOMÈDE.

„ Je sais qu'il est ici, qu'il vous offre ses vœux;
„ Je sais que les Romains, etc.

Vers 25, au lieu de :

Et rompu par sa mort les spectacles pompeux

Substituer :

„ Et dérobé sa gloire au spectacle honteux

Vers 37 et 38, au lieu de :

Et je ne vois que vous qui le puisse arrêter,
Pour aider à mon frère à le persécuter.

Substituer :

„ Je ne vois qu'un motif qui le puisse arrêter,
„ Et c'est d'aider mon frère à vous persécuter.

Vers 42 ...... au lieu de :

L'engage en sa querelle, et m'en fait défier.

Substituer :

* „ Est d'un prix assez grand, pour l'en vouloir payer.

---

(1) Le changement du premier vers seulement non adopté.

Vers 73, au lieu de :

Et saura vous garder même fidélité.

Substituer :

« Et saura vous garder cette fidélité.

Vers 77, au lieu de :

Loin de rompre ses coups.

Substituer :

» Loin d'arrêter ses coups.

Vers 91 et 92, au lieu de :

Vous n'avez en ces lieux que deux bras comme un
autre.

Substituer :

» Vous n'avez pas ici plus de pouvoir qu'un autre.

Vers 105 et 106, au lieu de :

Trois sceptres à son trône attachés par mon bras,
Parleront au lieu d'elle, et ne se tairont pas.

Substituer :

»Trois sceptres que pour lui vient d'acquérir mon bras,
»Lui plaideront ma cause, et ne se tairont pas.

SCÈNE II.

Vers 123 et suivans, supprimer :

Si ce front est mal propre à m'acquérir le vôtre.

Et les vers suivans, et commencer ainsi la scène :

ATTALE.

Quoi ! madame, toujours un front inexorable !
Ne pourrai-je surprendre un regard favorable,

Un regard désarmé de toutes ces rigueurs,
Et tel qu'il est enfin, quand il gagne les cœurs?

LAODICE.

»Seigneur, je vous ai dit, dois-je vous le redire?
»Que vos vœux sur mon cœur n'auront jamais d'empire;
»Un autre amour l'occupe; et je vous l'ai tant dit,
»Prince, que ce discours vous doit être interdit.
»On le souffre d'abord; mais la suite importune.

ATTALE.

»Que cet heureux rival doit bénir sa fortune!
»Quel honneur ce seroit de pouvoir aujourd'hui
»Lui disputer ce cœur, et l'emporter sur lui!....

NICOMÈDE.

La place à l'emporter, etc.

Vers 175, après ce vers:

La fille d'un tribun ou celle d'un préteur.

Passer quatre vers.

Vers 185 et suivans, après ce vers:

Madame, et retenez une telle insolence.

Passer les quatre vers qui suivent, et aller de suite à la réponse
de Nicomède:

Seigneur, si j'ai raison, qu'importe à qui je sois?

Vers 203 et 204, au lieu de:

Et pour vous divertir est-il si nécessaire,
Que vous ne lui puissiez ordonner de se taire?

Substituer :

» Dois-je souffrir de lui ce discours téméraire,
» Et ne lui pouvez-vous ordonner de se taire?

SCÈNE III.

Vers 267 , au lieu de :

Si vous aviez dessein *d'attaquer cette place.*

Substituer :

» Si vous aviez dessein de disputer la place.

SCÈNE IV.

Vers 281 , 282 et 283 , au lieu de :

Tu l'entends mal, Attale ; il la met dans ma main.
Va trouver de ma part l'ambassadeur romain ;
Dedans mon cabinet amène-le sans suite, etc.

Substituer :

» Le succès , au contraire, en devient plus certain.
» Va trouver de ma part l'ambassadeur romain;
» Jusqu'en mon cabinet amène-le sans suite, etc.

SCÈNE V.

Vers 291 et 292 , au lieu de :

Et ne conçoive mal qu'il n'est fourbe ni crime

Qu'un trône acquis par là ne rende légitime.

Substituer :

» Et ne conçoive mal, tant il redoute un crime !
» Qu'un trône excuse tout, et rend tout légitime.

Vers 297 et suivans, au lieu de :

Rome l'eût laissé vivre, et sa légalité
N'eût point forcé les lois de l'hospitalité.
Savante, à ses dépens, de ce qu'il savait faire, etc.

Substituer :

» Rome l'eût laissé vivre ; et sa noble équité
» N'eût point forcé les lois de l'hospitalité.
» Instruite, à ses dépens, de ce qu'il savait faire, etc.

Vers 311 et suivans jusqu'à 316, au lieu de :

Ce fils donc qu'a pressé la soif de la vengeance,
S'est aisément rendu de mon intelligence, etc.
Et ce qui suit,

Substituer :

» Ce fils donc qu'a pressé la soif de la vengeance,
» Est avec moi sans peine entré d'intelligence ;
* » C'est d'accord avec lui que j'ai dans cette cour (1)
» De mon fils, à dessein ménagé le retour ;
» Par lui j'ai des Romains tenté la jalousie, etc.

---

(1) C'est d'accord avec lui, etc.

Ces deux vers *masculins* n'ont pas été adoptés. On a conservé les deux vers suivans, de Corneille :

L'espoir d'en voir l'objet entre ses mains remis
A pratiqué par lui le retour de mon fils ;

Vers 321, au lieu de :

Il s'en est fait nommer lui-même ambassadeur.

Substituer :

» Envoye ici mon fils avec l'ambassadeur.

Vers 324, au lieu de :

Attale à ce dessein entreprend sa maîtresse.

Substituer :

» Le prince a déjà fait éclater sa tendresse.

Vers 329 et suivans, au lieu de :

C'était trop hasarder, et j'ai cru pour le mieux, etc.
Et ce qui suit,

Substituer :

» C'était trop hasarder ; il valait beaucoup mieux
» L'écarter de son camp, l'attirer en ces lieux.
» Métrobate l'a fait par des terreurs paniques ;
» Il a feint de trahir mes ordres tyranniques, etc.

Vers 339, au lieu de :

Tantôt en le voyant j'ai fait de l'effrayée ;

Substituer :

» Tantôt, en le voyant, j'ai feint d'être effrayée.

Vers 354, au lieu de :

De peur d'offenser Rome agira chaudement.

Substituer :

» N'osera braver Rome et son ressentiment ;

Vers 355 et 356, au lieu de :

Et ce prince, piqué d'une juste colère,
S'emportera sans doute, et bravera son père.

Substituer :

» Et le prince, animé d'une juste colère,
» Par quelqu'emportement offensera son père.

Vers 363, et 64, *les derniers de l'acte,* au lieu de :

Allons, et garde bien le secret de ta reine.

CLÉONE.

Vous me connaissez trop, pour vous en mettre en
peine.

Substituer :

» Viens, suivons mes desseins ; je te connais fidèle ;
» Tu sais tous mes secrets ; je les livre à ton zèle.

Fin du premier Acte.

ACTE SECOND.

SCÈNE I.

Vers 4, au lieu de :

Pour ce qu'on en peut craindre est un puissant remède.

Substituer :

» Contre une telle crainte est un puissant remède.

Vers 12, au lieu de :

Au-dessus de son bras ne laissent point de têtes.

Substituer :

» L'élèvent au-dessus des plus illustres têtes.

Vers 18 et suivans, au lieu de :

A suivre leur devoir leurs hauts faits se ternissent ;
Et ces grands cœurs enflés du bruit de leurs combats, etc.

Substituer :

« Sous le joug du devoir à regret ils fléchissent;
« Et ces grands cœurs tout fiers du bruit de leurs combats,
« Souverains dans l'armée et parmi leurs soldats,
« Font du commandement une douce habitude,
« Pour qui l'obéissance est un devoir trop rude.

Vers 23 et suivans. au lieu de :

Que, bien que leur naissance au trône les destine,
Si son ordre est trop lent, leur grand cœur s'en mutine;
Qu'un père garde trop un bien qui leur est dû, etc.

Substituer :

« Que destinés au trône à remplacer un père,
« Ils hâtent par leurs vœux ce que le sort diffère.

Passer là quatre vers, et aller de suite à :

« Et que si l'on ne va jusqu'à trancher le cours
« De son règne importun et de ses tristes jours.

(En substituant le mot. «*importun*» au mot *ennuyeux.*)

Vers 47, au lieu de :

Et depuis qu'une fois elle nous inquiète.

Substituer :

« Et sitôt qu'on ressent cette ardeur inquiète.

Vers 63, au lieu de :

Sans cesse offre à mes yeux cette vue importune,

Substituer :

« Me rappelle toujours cette idée importune.

Vers 81 et 82, au lieu de :

Et le prends-tu pour homme à voir d'un œil égal,
Et l'amour de son frère, et le sort d'Annibal!

Substituer :

» Peut-il voir en effet , sans un courroux égal ,
» Et l'amour de son frère , et le sort d'Annibal ?

Vers 87 et suivans :

Sûr de ceux-ci , sans doute il vient soulever l'autre ,
Fondre avec son pouvoir sur le reste du nôtre , etc.

Passer ces deux vers et les deux suivans , et substituer ,
en reprenant du vers 86 :

» Il est le dieu du peuple et celui des soldats.
« Son retour nous menace et le danger nous presse.
» Je veux bien toutefois agir avec adresse , etc.

SCÈNE II.

Vers 111 et 112 , au lieu de :

Et vous ne deviez pas envelopper d'un crime
Ce que votre victoire ajoute à votre estime.

Substituer :

» Et vous ne deviez pas, prince, obscurcir d'un crime
« Tout ce que vos exploits vous ont acquis d'estime.

Vers 121 et 122 , au lieu de :

Si le bien de vous voir m'était moins précieux ,
Je serais innocent , mais si loin de vos yeux ,
Que j'aime mieux, seigneur , etc.

Substituer :

Je me serais gardé de paraître à vos yeux ,
Si le bien de vous voir m'était moins précieux.

Et passer les quatre vers suivans :

Vers 145 et 146 , au lieu de :

Inviolable , entière ; et n'autorisez pas
De plus méchans que vous à la mettre plus bas.

Substituer :

» Inviolable, entière, au lieu d'autoriser
» Des méchans qui voudraient déjà la mépriser.

Vers 155 et suivans, supprimer le vers :

Il est temps qu'en son ciel cet astre aille reluire.

Passer aussi quatre vers de la réponse de *Prusias*, et finir la scène de la manière suivante :

NICOMÈDE.

. . . .

» La reine d'Arménie est due à ses états,
» Et j'en vois les chemins ouverts par nos combats.
» De grâce, accordez-moi l'honneur de l'y conduire.

PRUSIAS.

» C'était-là mon dessein; j'allais vous en instruire.
» Mais tandis que je fais préparer son départ,
» Vous irez dans mon camp l'attendre de ma part.

NICOMÈDE.

» Elle est prête à partir.

PRUSIAS.

Mais vous pensez, sans doute,
» Que d'éclatans honneurs doivent marquer sa route.
» Je songerai quel ordre on y peut apporter.
» Mais l'ambassadeur entre; il le faut écouter.

SCÈNE III.

Vers 185, au lieu de :

Je crois que pour régner il en a les mérites.

Substituer :

» Je lui crois en effet de suprêmes mérites.

Vers 231 et 235, au lieu de :

Attale a le cœur grand , l'esprit grand , l'ame grande,
Et toutes les grandeurs dont se fait un grand roi.

Substituer :

» On vient nous assurer qu'Attale a l'âme grande ,
» Et tous les dons du ciel qui forment un grand roi.

Vers 236 , au lieu de :

Qu'il en fasse pour lui ce que j'ai fait pour vous.

Substituer :

» Qu'il fasse au moins pour lui ce que j'ai fait pour vous.

Vers 273 et 274 , au lieu de :

Seigneur , vous pardonnez aux chaleurs de son âge ;
Le temps et la raison pourront le rendre sage.

Substituer :

» Seigneur , vous pardonnez à l'ardeur de son âge ;
» Le temps et la raison changeront ce langage.

Vers 303 et suivans , passer le vers :

Puisqu'il peut la servir à me faire descendre.

Et les trois vers qui suivent.

Vers 316 , au lieu de :

N'ont jeté qu'un dépôt sur la tête d'un père

Substituer :

N'ont placé qu'un dépôt

Vers 329 et suivans , après le vers:

Le reste de la terre est d'une autre nature.

Passer seize vers et aller de suite au vers :

» *Au reste , soyez sûr que vous posséderez ,* etc.

En le changeant ainsi :

« Quant à vous, soyez sûr etc.

Vers 359 , au lieu de :

La pièce est délicate , et ceux qui l'ont tissue.

Substituer :

» L'intrigue est bien conduite , et ceux qui l'ont tissue.

Vers 361 , au lieu de :

Je n'y réponds qu'un mot , étant sans intérêt.

Substituer :

» Je ne réponds qu'un mot à ce nouveau projet.

SCÈNE IV.

Vers 375 et suivans. Abréger beaucoup cette petite scène , qui
ne sert qu'à terminer l'acte , et la réduire de la manière
suivante :

» A nos vœux il s'oppose ;
» Vous savez ce qu'il peut ; vous voyez ce qu'il ose.
» Cet esprit orgueilleux , enflé de ses succès ,
» Se croit déjà certain de rompre nos projets ;
» Il aime , il est aimé ; j'en ai plus d'un indice.

PRUSIAS.

» N'importe ; je réponds , seigneur , de Laodice.
» Mais enfin elle est reine , et cette qualité
» Semble exiger de nous quelque civilité.
» J'ai sur elle après tout une puissance entière.
» Mais j'aime à la cacher sous le nom de prière.

» Allons donc la trouver , et comme ambassadeur
» De cet illustre hymen montrez-lui la splendeur.
» Je vais vous seconder , et nous pourrons ensuite ,
» D'après ses sentimens , régler notre conduite.

Fin du second Acte.

ACTE TROISIÈME.

SCÈNE I.

Vers 4 , après le vers :

J'observerai, Seigneur , cet avis important.

Passer les quatre vers suivans.

Vers 9 et 10 , au lieu de :

Vous méprisez trop Rome, et vous devriez faire
Plus d'estime d'un roi qui vous tient lieu de père.

Substituer :

« De Rome vous semblez mépriser la colère ,
» Et trop peu croire un roi qui vous tient lieu de père.

Vers 23 et 24, au lieu de :

Ici c'est un métier que je n'entends pas bien ;
Car hors de l'Arménie enfin je ne suis rien.

Substituer :

» Ici ce grand pouvoir , ce rang n'est pas le mien ;
» Car hors de l'Arménie enfin je ne suis rien.

Vers 34, au lieu de :

Je vais vous y remettre en bonne compagnie.

Substituer :

" C'est là que vous verrez votre fierté punie :

Vers 60 et 61 , finir la scène par le vers :

Si vous voulez regner , faites Attale roi.

Qui servira de sortie à Prusias.

Retrancher le mot: *Adieu.*

SCÈNE II.

Vers 61 , au lieu de :

Madame, enfin une vertu parfaite.....

Substituer :

" Madame, songez-vous qu'une vertu parfaite....

Vers 72 , après ce vers :

Et les temps où l'on vit et les lieux où l'on est.

Passer huit vers, et aller de suite à :

Vous irritez un roi dont vous voyez l'armée,etc.

Vers 84 , au lieu de :

Je ne sais si l'honneur eut jamais un faux jour,
Seigneur; mais je veux bien vous répondre en amie ;
Ma prudence n'est pas tout-à-fait endormie, etc.

Substituer :

" Seigneur , je répondrai librement à mon tour.

Puis passer huit vers, et aller de suite à :

" Je vois sur la frontière une puissante armée.

Vers 96 et suivans, au lieu de :

Le roi, s'il s'en fait fort, pourrait s'en trouver mal;

Et s'il voulait passer de son pays au nôtre ,
Je lui conseillerais de s'assurer d'un autre.

Substituer :

>> Le changement au roi pourrait être fatal ,
>> S'il osait remplacer ce guerrier par un autre ,
« Et son pays alors craindrait plus que le nôtre.

Vers 120 , après ce vers :

S'il tenait de ma main la qualité de roi.

Passer vingt-huit vers , et aller de suite au vers :

Mais si de leurs états Rome à son gré dispose,

En y faisant ce changement :

>> D'ailleurs, de tant d'états puisque Rome dispose, etc.

Vers 175, après ces deux vers :

Ce sont des coups d'essai, mais si grands, que peut-être
Le Capitole a lieu de craindre un coup de maître.

Passer quatre vers , et ajouter de suite , en les faisant dire
par Laodice , au lieu de Flaminius , les deux vers suivans :

>> Ses victoires déjà font revivre Annibal.
>> Mais le voici, ce bras à Rome si fatal.

SCÈNE III.

Vers 181 et 182 , au lieu de.

Ou Rome à ses agens donne un pouvoir bien large ,
Ou vous êtes bien long à faire votre charge.

Substituer :

*>> Ou Rome étend beaucoup les pouvoirs qu'elle donne,

Ou

« Ou vous allez plus loin qu'elle ne vous ordonne (1).

Vers 187 et suivans, au lieu de :

Vous avez dans son cœur fait de si grands progrès,
Et vos discours pour elle ont de si grands attraits,
Que sans de grands efforts je n'y pourrai détruire
Ce que votre harangue y voulait introduire.

Substituer :

» Vous aurez dans son cœur fait de si grands progrès,
» Et vos soins à ses yeux auront eu tant d'attraits,
» Que sans de grands efforts je ne pourrai détruire
» L'effet que vos discours sur elle ont su produire.

---

(1) *Talma*, chargé du rôle de *Nicomède*, qu'il a très-bien rendu, n'a pas cru devoir adopter ce changement. Il a conservé à peu près les deux vers de Corneille, par la raison, m'a-t-il dit, qu'ils sont trop connus, et que les acteurs qui ont joué le rôle avant lui, les ont toujours récités, en changeant seulement le second de cette manière :

Ou vous êtes bien lent à remplir votre charge.

Je n'en persiste pas moins à croire que les deux vers que je propose, devraient être adoptés ;
1°. Parce qu'ils n'ont rien de ridicule ;
2°. Parce qu'ils rendent exactement la pensée de ceux que je supprime ;
3°. Parce qu'ils amènent encore mieux que les deux vers supprimés, la réponse de Flaminius :

Je sais quel est mon ordre ; et si j'en sors ou non,
C'est à d'autres qu'à vous que j'en rendrai raison.

Je saisis cette occasion de remercier ce grand acteur pour le zèle qu'il a mis à nos changemens ; je dis *nos changemens*, parce qu'il s'en est occupé avec moi, et particulièrement de ceux du rôle de *Nicomède* ; il y en a même quelques-uns qui sont de lui.
Le Kain avait eu aussi le désir de voir des changemens dans *Nicomède* ; mais il avait essayé de les faire lui-même ; je ne connaissais point son travail, quand j'ai fait le mien ; il m'aurait peu servi ; le ton de sa critique n'est pas toujours convenable à l'égard de Corneille, et la plupart de ses corrections sont très-faibles ; l'art de *Le Kain* était de jouer la tragédie, de réciter les vers, et non pas de les composer.

E

Vers 193 et 194, au lieu de :

Lui donner de la sorte un conseil charitable ,
C'est être ambassadeur et tendre et pitoyable.

Substituer :

» S'empresser de la sorte à conseiller la reine ,
» C'est par pitié, Seigneur, prendre beaucoup de peine.

SCÈNE IV.

Vers 231 et 232 , au lieu de :

Les mystères des cours sont si souvent cachés ,
Que les plus clairvoyans y sont bien empêchés.

Substituer :

* » Des mystères de cour la noire iniquité
» Aux yeux les plus perçans n'offre qu'obscurité.

Vers 238 , après le vers :

Avec chaleur pour lui presse mon alliance.

Passer huit vers, et aller au 247 , au lieu de :

Voyez quel contre-temps Attale prend ici !

Substituer :

» Ah ! Dieu ! quel contre-temps ! Attale vient ici !

SCÈNE VI.

Vers 265 et 266 , au lieu de :

Mais ou vous n'ayez pas la mémoire fort bonne ,
Ou vous n'y mettez rien de ce qu'on vous ordonne.

Substituer :

» Mais, Prince, vous avez refusé de m'en croire ,
» Ou vous êtes sujet à manquer de mémoire.

SCÈNE VII.

Vers 298, au lieu de :

Ces hommes du commun tiennent mal leurs promesses.

Substituer :

»De tels hommes souvent tiennent mal leurs promesses.

Vers 312, au lieu de :

Seigneur, le roi s'ennuie, et, etc.

Substituer :

» Seigneur, le roi vous mande, et, etc.

SCÈNE VIII.

Vers 328 et suivans, après le vers :

N'ont pas su soutenir un si noir stratagême.

Passer quatre vers.

Vers 333, au lieu de :

Qu'on en voit le mensonge aisément confondu !

Substituer :

» Par ses propres agens il se voit confondu.

Vers 350, au lieu de :

A peine à le passer pour calomniateur.

Substituer :

» Se soulève à le croire un calomniateur.

Vers 331 , au lieu de :

Et vous en avez moins à me croire assassine.

Substituer :

„Vous avez moins de peine à me croire assassine.

Vers 367 et suivans , après le vers :

Je crois qu'il n'agit point moins généreusement.

Passer quatre vers.

Vers 71 , au lieu de :

Vous le traitez, mon fils, et parlez en jeune homme.

Substituer :

„ Vous agissez , mon fils , et parlez en jeune homme.

Fin du troisième Acte.

ACTE QUATRIÈME.

SCÈNE I.

Vers 4 , après ce vers :

Quand vous y pouvez tout sans le secours des pleurs.

Passer quatre vers , et aller de suite au premier couplet que dit Arsinoé.

Vers 19 et 20 , après le vers :

„ Croiront que votre amour m'a seul justifiée ?

Supprimer quatre vers , et passer de suite à la réponse de Prusias , dans laquelle on fera le changement suivant; au lieu de :

Ah ! c'est trop de scrupule, et trop mal présumer
D'un mari qui vous aime et qui doit vous aimer.

Substituer :

» Ah ! c'est trop de scrupule , et trop vous alarmer;

» J'instruis par mon exemple un peuple à vous aimer.

SCÈNE II.

Vers 32, au lieu de :

Trois sceptres que ma perte expose à votre fils.

Substituer : ,

» Trois sceptres que ma perte assure à votre fils.

Vers 47, au lieu de :

Qui n'a que la vertu de son intelligence.

Substituer :

» Qui des lâches détours n'a point l'expérience.

Vers 55, après le vers :

M'impute tous les traits dont il se sent frappé.

Supprimer cinq vers, et substituer :

» Du trépas d'Annibal il me nomme complice ;

» C'est moi qui veux encor lui ravir Laodice ;

» C'est moi qui fais qu'Attale, etc.

Vers 109 et 110, après le vers :

Il faut sous les tourmens que l'imposture expire.

Supprimer quatre vers, et passer de suite à la réponse d'Arsinoé:

Quoi ! Seigneur , les punir de la sincérité, etc.

Vers 113 et 114, supprimer encore quatre vers dans cette réponse d'Arsinoé, la réduire, et changer les vers qui suivent de cette manière :

» Quoi, Seigneur, les punir de la sincérité

» Qui soudain dans leur bouche a mis la vérité,

» Qui vous rend votre femme, et vient de le confondre!

PRUSIAS.

» Laisse là Métrobate, et songe à me répondre ;

» Défends-toi d'un forfait si honteux et si bas.

NICOMÈDE.

M'en défendre ? Seigneur, vous ne le croyez pas.

Vers 135, au lieu de :

La fourbe n'est le jeu que des petites âmes.

Substituer :

» L'intrigue n'est le jeu que des petites âmes.

Vers 141, au lieu de :

Et ces esprits légers approchant des abois,
Pourraient bien se dédire, etc.

Substituer :

» Et ces esprits légers, sous le coup de vos lois,
» Pourraient bien se dédire une seconde fois.

Vers 154, au lieu de :

Vous assuriez un sceptre à ma protection.

Substituer :

* » Vous accordiez un sceptre à ma protection.

Vers 159 et suivans, après ce vers :

C'était sans mon aveu, je n'en ai pas besoin.

Supprimer quatre vers, et l'exclamation de Prusias,
Ah ! Madame ! et changer ainsi :

» C'était sans mon aveu; je n'en ai pas besoin.
» Si j'étais pour vous perdre assez infortunée,
» Le même instant verrait finir ma destinée;
» Et puisqu'ainsi jamais il ne sera mon roi, etc.

Vers 179 et 180, au lieu de :

Que l'Asie et l'Afrique admirent l'avantage
Qu'en tire Antiochus et qu'en reçut Carthage.

[Substituer :

» Qui pourtant l'a laissé, malgré son grand courage,
» Soumettre Antiochus et ruiner Carthage.

SCÈNE III.

Vers 187 , au lieu de :

Nicomède, en deux mots, ce désordre me fâche.

Substituer :

» Mon fils, tout ce débat et me blesse et me fâche.

Vers 190 , au lieu de :

Et tâchons d'assurer la reine qui te craint.

Substituer :

» Rassurons, s'il se peut, la reine qui te craint.

Au lieu de :

J'ai tendresse pour toi, j'ai passion pour elle.

Substituer :

» Mon cœur se sent touché pour toi comme pour elle.

Vers 219 et suivans, à ce demi-vers :

Quelle bassesse d'âme !

Substituer :

» Quelle faiblesse d'âme !

Au lieu de :

Tu la préfères, lâche, à ces prix glorieux.

Substituer :

» Tu peux la préférer à ces prix glorieux.

Au lieu de :

Après cette infamie, es-tu digne de vivre ?

Substituer :

» Pour elle à tant de honte un fol amour te livre ?

SCÈNE IV.

Vers 258, au lieu de :

Tout beau, Flaminius, etc.

Substituer :

* » Ne triomphez pas tant ; je n'y suis point encore, etc.

SCÈNE V.

Vers 291 et 292, au lieu de :

Ce n'est pas loi pour elle, et reine comme elle est (1),
Cet ordre, à bien parler, n'est que ce qu'il lui plaît.

Substituer :

* » Elle n'a plus de père, et reine comme elle est,
» Elle peut de cet ordre user comme il lui plaît.

Vers 346, au lieu de :

Que le roi vous l'a dit, souvenez-vous-en bien.

Substituer :

* » Le roi vous le disait, souvenez-vous-en bien.

SCÈNE VI.

Vers 356, au lieu de :

Et comme ils font pour eux, faisons aussi pour nous.

Substituer :

» Et ce qu'ils font pour eux, faisons-le aussi pour nous.

---

(1) Le premier de ces deux vers a été conservé.

Fin du quatrième Acte.

ACTE CINQUIÈME.

SCÈNE I.

Vers 12 et suivans, au lieu de :

Tu vas régner sans elle ; à quel propos l'aimer ?

Substituer :

» Songe à régner sans elle , et non pas à l'aimer.

Supprimer les quatre vers qui suivent immédiatement celui-là,
et aller de suite au mot d'Attale :

» Mais , madame.

Vers 36 et suivans , après ce vers :

Sa chute doit guérir l'ombrage qu'elle en prend.

Supprimer quatre vers , et changer ainsi ceux qui suivent :

» Elle veut des sujets par-tout où sont des hommes,
» Que par-tout sous ses loix on soit ce que nous sommes ,
» Et prétend sur les rois un si grand ascendant,
» Que son empire seul demeure indépendant.
» Je connais les Romains , et je sais leurs maximes ;
» Carthage , Antiochus en ont été victimes.
» De peur de cheoir comme eux, je veux bien m'abaisser,
» Et me soumettre au sort que je ne puis forcer.

Vers 55 et 56 , au lieu de :

Le temps pourra changer ; cependant prenez soin
D'assurer des jaloux dont vous avez besoin.

Substituer :

» Le temps pourra changer ; cependant avec soin
» Ménagez des amis dont vous avez besoin.

SCÈNE II.

Vers 66, au lieu de :

Que de le laisser faire et ne lui point répondre.

Substituer :

" Que de ne point agir , et ne lui point répondre.

SCÈNE III.

Vers 84.

" *Ainsi votre tendresse et vos soins sont payés !*

Ce vers seroit mieux dans la bouche de Prusias , qui peut le
dire de bonne foi, que dans celle d'Attale, où il n'est
qu'une ironie assez froide. Substituer , en le faisant dire
par Prusias :

" Ainsi notre tendresse et nos soins sont payés !

SCÈNE IV.

Vers 96 et suivans , après ce vers :

Mais un dessein formé ne tombe pas ainsi.

Supprimer quatre vers , et aller de suite à l'entrée d'Araspe.

SCÈNE V.

Vers 113 et 114, au lieu de :

Ah! Seigneur , c'est tout perdre , et livrer à sa rage
Tout ce qui de plus près touche votre courage.

Substituer :

" Ah ! Seigneur , c'est tout perdre ; et dans un tel orage,
" C'est porter à l'excès leur révolte et leur rage.

Vers 136 , au lieu de :

Ah! rien de votre part ne saurait me choquer.
Parlez.

Substituer :

» Dites-nous quel secours nous pouvons invoquer.
» Parlez.

Vers 144 , au lieu de :

Amusez-le du moins à débattre avec vous.

Substituer :

» Entretenez ses chefs ; gardez-les près de vous.

Vers 161 et suivans , après le vers :

Sur quiconque sera de son intelligence.

Supprimer quatre vers , et changer ainsi le suivant ; au lieu de ;

Quelqu'aveugle transport qu'il témoigne aujourd'hui.

Substituer :

» D'après l'amour qu'au prince il témoigne aujourd'hui.

Vers 174 , au lieu de :

Il vous assure et vie , et gloire , et liberté.

Substituer :

» Il assure vos jours et votre liberté.

SCÈNE VII.

Vers 192 , au lieu de :

C'est déjà trop de voir son dessein avorté.

Substituer :

» C'en est assez de voir son dessein avorté.

Vers 194 , au lieu de :

Qu'il lui faudrait du front tirer le diadême ,

Substituer :

Qu'il faudrait à son front ravir le diadème.

Vers 199, au lieu de :

Ainsi qui peut vous croire aisément se contente !

Substituer :

* » De haine et de courroux c'est être bien exempte.

Vers 239, après le vers :

Quelqu'autre Métrobate, et quelqu'autre Zénon.

Passer les quatre suivans.

Vers 249 et 250, au lieu de :

Mais, hâtez-vous, de grâce, et faites bien ramer ;
Car déjà sa galère a pris le large en mer.

Substituer :

» Mais sur-tout hâtez-vous ; car l'un de nos vaisseaux
» Dejà bien loin du port l'emporte sur les eaux.

Vers 263, au lieu de :

Et sous mon désespoir rangeant sa tyrannie....

Substituer :

* » Et brisant cette fois sa longue tyrannie.

Vers 267 et 268, au lieu de :

J'y régnerai, Madame, et sans lui faire injure,
Puisque le roi veut bien n'être roi qu'en peinture.

Substituer :

» Le roi peut sans regret céder le diadème,
» Puisqu'il veut bien enfin ne pas régner lui-même.

SCÈNE IX.

Vers 301 et 302 , au lieu de :

N'attendons pas leur ordre, et montrons-nous jaloux
De l'honneur qu'ils auraient à disposer de nous.

Substituer :

* » N'attendons pas leur ordre , et du moins par la mort
» Sachons demeurer seuls maîtres de notre sort.

Vers 308 , au lieu de :

S'il manquait à remplir l'effort de mon estime.

Substituer :

» S'il pouvait démentir l'honneur de mon estime.

SCÈNE X et dernière.

Vers 329 et 330 , au lieu de :

Faites-lui grâce aussi , Madame ; et permettez
Que jusques au tombeau j'adore vos bontés.

Substituer :

» Faites-lui grâce aussi , Madame ; et désormais
» Que ce jour entre nous rétablisse la paix.

Vers 374 et 75 , au lieu de :

Qu'elle jette par-tout sur la tête des rois.
Nous vous la demandons hors de la servitude ,

Substituer :

» Que Rome fait peser sur la tête des Rois.
» Nous vous la demandons libre de servitude ,

Fin du cinquième acte.

CHANGEMENT (1)

Proposé pour la Tragédie de POLYEUCTE,
de P. CORNEILLE.

J'AI lu quelque part que *Polyeucte* était celle des tragédies de Corneille que Boileau regardait comme la meilleure ; mon opinion est fort peu de chose à côté de celle du législateur de notre Parnasse ; mais j'avoue que j'ai toujours eu pour *Polyeucte* un sentiment de préférence.

Il me semble que des belles tragédies de Corneille, c'est celle dont les héros ont les caractères les plus naturels, les plus humains ; et si ceux de Polyeucte et de Néarque s'élèvent au-dessus de la nature, leur exaltation est motivée, puisqu'elle est l'effet de la grâce d'en-haut, d'une inspiration divine; et comme le dit Corneille lui-même, *les tendresses de l'amour humain font* dans cette pièce *un si agréable mélange avec la fermeté du divin, que sa représentation satisfait tout ensemble les dévots et les gens du monde.*

Les caractères de Pauline et de Sévère sont admirables, sans avoir rien d'outré ; et la sage tolérance de Sévère forme un beau contraste avec le zèle un peu trop fervent des deux néophytes, Polyeucte et Néarque.

Une seule chose m'a toujours affligé aux représentations et à la lecture de ce chef-d'œuvre ; c'est l'extrême bassesse de sentimens et de langage qu'on trouve dans le rôle de Félix, du père de Pauline.

Elle me chagrine d'autant plus, qu'elle ne me

---

(1) J'appelle ceci *un seul changement*, parce qu'il ne porte que sur le seul rôle de Félix. Il consiste en un vers et demi refaits, et quatre-vingt-quatre vers supprimés.

paraît point nécessaire à l'ensemble de la pièce;
au contraire, il me semble que Corneille voulant,
au dénouement, convertir Félix à la vraie religion,
ne devait pas l'avilir à ce point; on ne peut supporter de voir que la grâce s'empare d'un pareil
misérable, d'un coquin et d'un lâche, pour en
faire un chrétien, tandis qu'elle laisse dans
l'erreur et l'endurcissement, cet honnête homme
de Sévère, qui mériterait si bien d'être sauvé.

Enfin, ce rôle de Félix me paraît, dans quelques
endroits, gâter cette belle tragédie; c'est dans ce
rôle seul que je propose de faire quelques changemens que voici :

AU PREMIER ACTE.

SCÉNE IV.

Entre FÉLIX, ALBIN, PAULINE et STRATONICE.

FÉLIX.

. . . .

Il nous perdra, ma fille.

PAULINE.

Il est trop généreux.

FÉLIX.

Tu veux flatter en vain un père malheureux ;

» Il nous perdra, ma fille, à moins que ta prudence
» Ne sache dans son cœur trouver notre défense. (1).

---

(1)   Au lieu de :

Ah ! regret qui me tue
De n'avoir pas aimé la vertu toute nue!

10

Si quelqu'espoir me reste, il n'est plus aujourd'hui
Qu'en l'absolu pouvoir qu'il te donnait sur lui , etc.

On voit que ce changement ne consiste qu'à refaire un vers
et demi , et à en supprimer quatre.

AU TROISIÈME ACTE.

SCÈNE V.

Entre FÉLIX et ALBIN.

Après le quatorzième vers de cette scène:

De soucis sur soucis elle est inquiétée.

Supprimer cinquante-six vers , et passer de suite à celui-ci :

Je vais dans la prison faire tout mon effort, etc.

AU CINQUIÈME ACTE.

SCÈNE I.

Entre FÉLIX , ALBIN et CLÉON.

Après le quatrième vers de cette scène .

Et ne vois rien en vous qu'un père rigoureux.

Supprimer vingt-quatre vers , et passer de suite à celui-ci :

Toute son amitié nous doit être suspecte.

Je recommande ces changemens aux acteurs
chargés du rôle de Félix; je suis persuadé que
l'effet en serait avantageux et pour le rôle en par-
ticulier et pour l'ensemble de la pièce.

FIN.

De l'Imprimerie de P. N. BOUCHON, rue de
l'Hirondelle , hôtel Salamandre, N°. 22.

www.ingramcontent.com/pod-product-compliance
Lightning Source LLC
Chambersburg PA
CBHW060458260626
47161CB00005B/2166